學校怪談④

狐仙狐仙請出來

學校怪談編輯委員會 編著
五彩恭子 插畫

目錄

……越是說這種話的人……！
驚～
阿彌陀佛
阿彌陀佛
但是他後面藏了一塊給狐仙吃的油豆腐

人體通訊報

VOL. 1

日本民間故事會
學校怪談
編輯委員會
發行

本次通訊報將為大家報導「只出現身體某個部分的幽靈」專輯。真的很可怕喔。

幽靈幾乎都是全身出現，有時候會有透明的幽靈現身，但也有些幽靈只有身體某一部分出現，還有只有不停滴血的幽靈，或是在縫隙中露出眼睛的幽靈喔。

☆我們學校的會議室以前是五年五班的教室。某一天放學後，有一個學生和老師還留在五班的教室裡，後來老師去開會，把學生留在教室。當老師開完會回到教室，發現學生不見了，只留下一灘血。那名學生從此就失蹤了。如今，在雨夜的晚上十二點時，窗戶就會滲血。那起事件發生後，五年五班就改成了會議室。即使現在，一個人走進去時，還是會感受到一股寒意。（千葉縣柏市　T・H　11歲　女生）

☆半夜的時候，音樂教室的鋼琴傳來叮叮咚咚的聲音。去音樂教室張望，會發現鮮血滴在鍵盤上。（石川縣加賀市　I・T　8歲　男生）

☆半夜十二點，體育館天花板正中央在滴血。（長野縣小縣郡　O・N　8歲　女生）

☆這是從老師那裡聽來的。二十年前，有一個女生從這個學校的三樓窗戶不慎跌落。第二天半夜一點時，聽到有人咚咚咚敲門的聲音，打開一看，沒有人，只有一大灘血。那灘血是誰的？有一位老師把血拿去檢驗，發現和之前死去的女生的血液一致……。（神奈川縣橫濱市　K．M　11歲　女生）

☆半夜二點，學校游泳池的淋浴室有血流出來。（埼玉縣川口市　N．Y　8歲　女生）

☆那天，我上學遲到了，其他同學在操場上練習，準備運動會的比賽項目，我一個人去廁所，發現水龍頭自己打開了，流出紅色的血。（靜岡縣靜岡市　T．T　四年級　男生）

沛沛的有樣學樣

主編說我：「你整天都在睡覺!!」所以，我開始模仿人家拔草。呵呵呵，很厲害吧！你也可以馬上試試，只要在家裡模仿人家拔草的動作就搞定了……。

☆聽說自然科實驗室那幅解剖圖的心臟位置一到晚上就會流血，但沒有人親眼看過。（長崎縣長崎市　N・S　11歲　男生）

☆保健室前的走廊盡頭有一張女人抱著小嬰兒的照片。如果前一天看過那張照片，第二天一大早再去看時，就會發現嬰兒的眼睛在流血。（靜岡縣藤枝市　N・K　9歲　女生）

☆這是學校的七大靈異之一，聽說有一個女生被人從樓梯上推下來，撞到頭死了，當時留下的血跡無論怎麼用油漆刷都刷不掉。（愛知縣名古屋市　I・S　11歲　女生）

☆聽說花子躲在三、四年級女生廁所的第三間，也有人說，第五間會出現一隻黑色的眼睛。（熊本縣下益城郡　H・K　9歲　女生）

☆小動物的飼養屋旁，有一口水泥井，井中間有一個圓洞。以前，有一個女孩在附近玩，追球的時候，不小心掉進井裡了；之後，只要站在水井旁的水泥地上，就會受到詛咒，一個月之內會發生倒楣事。如果從那個洞往裡看，可以看到井裡浮著眼珠子和頭髮。另外，廁所、校園和泥土隆起的地方，好像也埋著屍體。第三間廁所會有一團粉紅色霧濛濛的東西，而第一間會出現女人的幽靈。放兩塊石頭進去之後呼叫幽靈，就會有一個聲音問：「身體的哪一個部分？」如果回答「腳」，就會有一隻手抓住腳，把人抓進去。

驚——
嚇
我聽到的
可怕故事
漫畫：五彩恭子
漫畫家的朋友K．Y是內行人都知道的心靈研究家
她長得很可愛，但說的事都很可怕
曾經聽她說過這樣一件事
聽我說，上次我遇到一件很好玩的事！
沒有人招手，就有一輛計程車在我們旁邊停了下來
嘎
?
幾天後，我在洗澡時，明明沒有人，卻聽到敲門聲
咚咚
好詭異……
嗯
好像有誰在這裡……
我正覺得納悶
前幾天，有一隻戴著白手套的「手」拍了拍我的肩膀。
我就知道，原來都是這隻「手」在搗蛋!!
哪裡好玩啊??
K．Y，妳告訴我!!!

沛沛的驕傲事

致小龍的粉絲。小龍邀沛沛一起去旅遊！他問我：「要不要去～島？」羨慕嗎？哈哈哈，沛沛的魅力，就連小龍也擋不住囉。

呵呵呵呵

（大阪府瘩市　Y・H　8歲　男生）

呵呵呵，這樣拼命看我，是不是迷上我了？
……

☆學校廁所的牆上有很多眼睛，聽說每天出現的數目都不一樣。（茨城縣日立中市　W・E　9歲　女生）

☆體育館放跳箱那個房間的窗戶上有眼睛，有好幾個人都看過。（廣島縣福山市　H・A　8歲　女生）

☆半夜打開美勞教室的水龍頭，會有頭髮跑出來。（東京都中央區　W・R　9歲　男生）

☆學校最後一間廁所的牆上，有一個看起來像女人影子的黑漬。進去那間廁所時，那個影子就會晃動，然後會喊：「我好冷。」這是聽工友伯伯說的。（兵庫縣姬路市　T・M　10歲　女生）

☆學校東側和西側樓梯上，有幾個很黑的污漬。東側有五個，西側有　個，看起來像是眼睛。自然科實驗室的牆上有穿和服女人的黑漬，保健室有外形像小嬰兒的黑漬。（富山縣高岡市　K．K　11歲　男生）

☆自然科實驗室裡有一個人影的黑漬，聽說那個影子有時候會從牆上跑出來。有一次，我在社團活動時，把東西忘在自然科實驗室，放學後去拿，發現牆上的黑漬不見了，心想「不妙」，趕緊拔腿想逃，卻看到有一個人影，我就大叫：「有妖怪！」結果發現是牆

遜腳編輯

小龍的休息室

第三集　冒牌哈尼太郎

最近，哈尼太郎走紅，但聽說眾多哈尼太郎中，也有「Z哈尼太郎」或是「黑哈尼太郎」之類的冒牌壞蛋，只要一看臉，就可以分辨出來。上面的照片是我在東京新宿東口買東西時，突然衝出來的「Z哈尼太郎」!!比一般哈尼太郎的眉毛更粗，是不是一眼就看出來了？（看不出來啦）

上的黑漬，但黑漬的位置移動了，嚇得我趕緊回家。第二天，我告訴其他同學，卻沒有人相信我。（北海道札幌市　O·T　11歲　男生）

☆二樓的樓梯有手印，即使刷了油漆後，仍然可以看到，結果我晚上夢到渾身都刷了油漆的人。（千葉縣松戶市　N·K　10歲　男生）

她的娃娃

千世真弓子

我讀小學四年級時，表妹小美就住在附近，當時她馬上就要上小學了。

今天，外公出國旅行回來，小美一大早就來我家，開心地等待外公回家。

「小愛的禮物是娃娃，小美的是音樂盒。」

外公一回家，就拿出禮物送給我們。

「小愛的是娃娃……」

小美羨慕地打開她的禮物盒。

「外公，謝謝你。」

說完，我就抱著我的禮物盒上樓了。小美比我小四歲，很任性，如果她要我把娃娃給她看就傷腦筋了。我悄悄地打開禮物盒，盒子裡是一個古董娃娃，穿著豪華的紅色天鵝絨洋裝。白皮膚、藍眼睛的娃娃很漂亮，但我覺得娃娃的笑容很詭異。

「是因爲嘴巴的關係嗎？」

一直盯著娃娃看，就會感覺渾身發毛。

（我才不要這麼可怕的娃娃……）

我把娃娃留在房間，獨自下樓了。

「外公，謝謝你送我這麼漂亮的娃娃。」

「妳喜歡嗎？」

「嗯，太棒了！」

我欺騙了外公。

「……小美也喜歡娃娃，小愛，我好羨慕妳。」

桌上放了一個雕刻精美的音樂盒。

「這個音樂盒好美。」

「還是娃娃比較好。」

小美開始鬧脾氣。

「那我們來交換禮物吧？」

「可以嗎？」

「可以啊。不過，妳不能玩膩了之後又來跟我換，這樣娃娃太可憐了。」

「小愛，眞不好意思。」

外公帶著歉意說。

「因爲我比小美年紀大嘛。」

小美喜孜孜地帶著娃娃回家了。

不到一個月後，小美被車子撞死了。

小美遵守約定，很疼愛那個可怕的娃娃，無論去哪裡，都會帶著娃娃。小美倒在血泊中時，那個娃娃白淨的臉在一旁露出笑容。

葬禮的那天，小美的娃娃放在小小的棺木中，我再度感到渾身寒毛倒豎。

我不敢去火葬場，所以就先回家，找了同學一起去遊樂場玩。一回到家，忍不住心驚膽顫地大叫：

「這是怎麼回事?!」

那個娃娃坐在我房間的窗戶旁。

送小美去火葬場的媽媽說，小美媽媽說要把娃娃放在我們家。

「她希望我們把這個娃娃當成小美好好疼愛。」

晚上關燈後，月光照在娃娃的臉上。娃娃在笑。

我用被子蒙住頭睡覺。

第二天早晨，我聽到媽媽的笑聲醒了過來。

「小愛，羞羞臉，妳抱著娃娃睡覺。」

娃娃躺在我的枕頭上笑。

我根本沒有抱著娃娃睡覺，在我入睡之前，娃娃明明坐在窗邊，但早上的時候，竟然跑進我的被子裡……。

這種事連續發生了好幾次，我終於忍無可忍，把娃娃裝入黑色垃圾袋，丟進了垃圾桶。

沒想到放學回家後，卻看到娃娃出現在我房間。

「啊～！我受不了了！」

媽媽幫我把娃娃從

垃圾桶裡撿了起來，還狠狠地罵了我一頓。

我覺得那個娃娃很可怕，但即使告訴別人，別人也沒辦法理解。最後，我只好帶著娃娃去小美長眠的那個寺廟。

因爲我覺得最好的方法就是把娃娃供在寺廟後燒掉，和尚也欣然接受了。

一年過去了。

小美的一週年忌日時，所有親戚都去那家寺廟祭拜。

走進本殿後，先向巨大的阿彌陀佛合手拜拜，當我抬起頭時，驚訝得說不出話。

那個娃娃就坐在阿彌陀佛旁。

「啊，娃娃！」

親戚的一個五歲女孩跑過去，抱起那個娃娃。

這時，我看到娃娃的手用力抓著女孩的裙子。

挑戰你的智慧！
俗諺恐怖館
～初級篇～
別再嚇我了
靈魂
飄走
可惡!!
賠了鈔票又折魂
我不管啦!!
不會吧！
呃！
樂透
樂透

意義

如果買樂透卻沒有中，就會氣得七竅生煙，結果把靈魂也氣走了（天下哪有這種人!!）。很難以置信吧!!

人體通訊報

VOL. 2

日本民間故事會
學校怪談
編輯委員會
發行

走路的時候，會突然有人拍自己的肩膀或是抓自己的腳。到底是誰幹的？

最常出現的就是手。聽說有各種不同的顏色，至於腳——就稍微遜色了。

☆聽說自然科實驗室的講台下方有地下室，上自然課時，大家決定打開來看看。一打開，立刻有一股暖暖的風吹上來，吹到站在中間的我和M同學的腳上，我立刻覺得很噁心，低頭一看，發現腳上有一個手印。（東京都葛飾區　K・R　11歲　女生）

☆半夜的時候去倉庫，就會出現一隻手向人招手。（神奈川縣足柄上郡　T・R　10歲　女生）

☆我們學校有超過一百年的歷史，聽六年級的人說，改建的時候，「發現女人的手掌」，好可怕。（廣島縣廣島市　O・N　9歲　女生）

☆這是我們老師遇到的事。上體育課時，大家都去了操場，老師確認教室裡沒人後，就離開了教室，卻聽到「救命！」的聲音。老師很納悶，回到教室一看，發現沒有人，就又走了出來。結果，有一隻冰冷的手摸老師的身體，老師嚇昏了過去。當老師醒過來時，發現回到五十年前。那時候學校發生火災，只有老師

沛沛的驕傲事

經常有人寫信給我問，「怎樣才能像沛沛大人一樣好看?」或是「怎樣才能像沛沛大人一樣聰明?」恕我直言，不可能！因為沛沛是獨一無二的，呵呵呵呵。

噗噗噗

班上的同學都被燒死了。之後，老師每天都在佛堂唸經，五十年前的學生才不再出現。不久之後，老師聽到有人說「謝謝」。（富山縣砺波市　H．A　9歲　女生）

☆有人去上一、二、三年級生的廁所第三間時，馬桶裡會有一隻手伸出來，抓住那個人的腳，帶到了四度空間。這個消息傳開後，大家都不敢去上第三間廁所了。（岡山縣倉敷市　W．A　8歲　女生）

☆晚上走學校的樓梯時，第十四階會伸出一隻手，把人拖進去。即使跳過第十四階，那隻手還是會伸出來抓人。（奈良縣宇陀郡　Y．H　11歲　男生）

☆聽學務主任說，單獨一個人去音樂教室時，會有一隻手把人抓進牆壁。（神奈川縣橫濱市　S・I　7歲　女生）

☆雨天的時候在操場上跑步，地上就會伸出一隻手，把人拉下去。（神奈川縣足柄上郡　T・R　10歲　女生）

☆我一個人去廁所時，聽到一個可怕的聲音問：「紅紙還是藍紙？」回頭一看，有一隻手伸出來，嚇死我了。（高知縣須崎市　N・K　9歲　女生）

☆我在學校廁所看到太郎的手！我在廁所說：「太郎，轉三次。」結果真的看到了他的手。（青森縣青森市　K・Y　10歲　女生）

☆聽說女廁所的第四間會出現「○△花子」的手。（長野縣北安曇郡　S・M　9歲　女生）

☆學校的牆上有紅色的斑漬，聽說以前有一個男生摸了以後，斑漬的地方伸出一隻手，把那個男生抓進去了。幾年後，學校改建時，發現一具男童的屍骨。（長野縣大町市　O・E　11歲　女生）

☆老師在自然科實驗室說話時，窗戶上出現一隻滴著血的手。打開窗戶，卻什麼都沒有。聽說當時在場的其他老師也都看到了。（長野縣埴科郡　T・M　10歲　女生）

☆聽說K小學三年五班的黑板很可怕，下雨的時候，黑板上會出現血手印。沒有人碰黑板，血手印也會出現，而且，每次都會同時出現四隻。（千葉縣袖浦市　K・A　10歲　女生）

☆以前有一個女人被欺侮，最後在廁所裡被殺害了。當工友發現屍體時，女人少了一根手指，欺侮她的人手上卻多長出一根手指。（北海道札幌市　I．Y　9歲　女生）

☆經過老師辦公室前的樓梯時，後面會有一根手指追上來。（大阪府高槻市　T．S　11歲　女生）

☆經常聽到類似的事。之前去海邊時，弟弟站在大岩石上跳進海裡後站起來，說有東西拉他的身體，後來看照片時，真的看到很多隻手。（島根縣松江市　K．E　9歲　女生）

☆我之前在游泳池的第四水道游泳時，下面好像有東西抓我的腳，差一點溺死。（神奈川縣橫濱市　K．Y　9歲　女生）

沛沛大人來也！

肩膀痠痛高手

你們這些乖孩子，是不是也曾經覺得好累、肩膀痠痛？這種時候，向右轉三圈，跳起來後照鏡子，搞不好可以看到「肩膀痠痛居士」坐在你的肩膀上。不瞞大家，其實沛沛也有「肩膀痠痛居士」的證照。搞不好，你肩膀上的就是沛沛大人我喔。嗯？想見我？先去報名參加沛沛的粉絲俱樂部吧！

☆音樂教室有一面鏡子，晚上在那面鏡子前說「我要去四度空間的世界」，鏡子裡就會伸出一隻紅色的手。（京都府相樂郡　H・Y　8歲　女生）

☆老舊的廁所裡會伸出一隻紅色的手。如果轉三圈之後說：「美代。」就會聽到手敲出咚咚咚的聲音。（山口縣山陽小野田市　Y・J　9歲　女生）

☆男生在廁所裡大叫：「有一隻手！」許多女生跑去看……看到一隻紅色的手。（宮城縣仙台市　K・Y　10歲　女生）

☆聽說通往二樓的樓梯會伸出一隻綠色的手，抓住學生的腳，讓人跌倒。（青森縣八戶市　K・A　9歲　女生）

☆如果把手放在美勞教室的鏡子上，手會變成像死人

一樣慘白。（神奈川縣三浦郡　T．M　8歲　女生）

☆第一間廁所伸出一隻黑色的手。（大分縣中津市　H．Y　八歲　女生）

☆女生廁所唯一一間粉紅色的廁所裡，會伸出一隻手來。（石川縣加賀市　I．T　8歲　男生）

☆晚上走過墓地附近的河邊，會有一隻紫色的手把人拉下去。（埼玉縣富士見市　H．E　11歲　女生）

☆我和M同學在福利社附近聊天時，不小心一回頭，看到廣播室的窗戶上有一隻白色的手。我們嚇得魂不附體，走進廣播室時，裡面根本沒有人。（佐賀縣佐賀郡　M．S　12歲　女生）

☆體育館後面那條路上電燈開關壞掉的地方，會有一隻手伸出來。（北海道帶廣市　H．Y　11歲　男生）

剛才這些只是開場而已，後面還有呢，翻開下一頁吧……!!

沛沛的拿手絕活

我買了新衣服後立刻換上，「哇哈哈哈」地跳了起來，突然覺得頭頂上有不祥的感覺……「新衣服會弄髒！」正當我腦海中閃過這個念頭時，一伸手，立刻抓到一坨鳥糞。很厲害吧！

☆我和同學一起去廁所時，同學「哇！」地大叫著衝出來，我問她發生了什麼事，她說牆上有一隻沒有指甲的白手，還可以隱約看到人的臉。（宮崎縣宮崎郡 K．T 11歲 女生）

☆有一個女生開車經過墓地下方的隧道時，丟了一個空果汁罐。幾天後，當她經過隧道時，不知道哪裡傳來一個聲音說：「把空罐帶走」。她停下腳步張望，沒有看到人，地下突然伸出一隻手說：「把空罐帶走」，那個女孩嚇昏了過去。當她醒來時，發現手上拿著空罐（我同學告訴我的）。（北海道札幌市 O．N 9歲 女生）

☆八點我想睡覺時，窗戶明明關著，卻突然覺得很冷。今天一整天都很熱，爲什麼會突然變冷呢？我不由得感到害怕。當大家都睡了之後，整個房間暗了下來。我感覺後面有一隻手伸過來拍我的肩膀，回頭一看，只有一隻手掌在我肩膀上，我差點嚇昏過去。（千葉縣市川市　I．H　9歲　女生）

☆我和同學在學校玩鞦韆，突然傳來「咚」的一聲巨響，同學從鞦韆上掉了下來。同學說，絕對有人推她，但後面根本沒有人。（福岡縣北九州市　M．Y　9歲　女生）

☆我之前讀的幼稚園旁邊，有一個很可怕的公園，晚上去公園的廁所時，打開男廁所的水龍頭，會跑出藍色的腿；女廁所的水龍頭會跑出紅色的手，然後把人殺了……還有很多可怕的傳說。（廣島廿日市市　N．S　9歲　女生）

☆學校丟垃圾的地方寫著「兒童不得入內」，我朝縫隙裡張望，看到一條腿，而且那條腿很快就消失了。（宮城縣仙台市　A．K　9歲　女生）

☆五年B班的天花板上出現了人的腳，B班的老師說鬼故事時，那隻腳就不見了。（三重縣三重郡　Y．Y　10歲　男生）

☆電梯門即將關上時，遠遠地看到一隻腳。仔細一看，電梯裡沒有人，只有腳從裡面走了出來。（福岡縣福岡市　T．K　7歲　男生）

☆體育館的廁所牆壁會伸出黑色的手和腳來。（鹿兒島縣薩摩郡　T．M　10歲　女生）

☆男老師O和女老師W、M在學校工作，後來兩位女老師先下班，O老師繼續留在辦公室工作時，聽到腳步聲和哭聲，以為是那兩位女老師在惡作劇，打電話一問，發現那兩位女老師早就回到家了。O老師很害怕，準備要回家時，原本沒有鎖的門竟然鎖上了，怎麼樣都打不開。（栃木縣那須鹽原市　W．S　10歲　女生）

☆晚上在學校做功課時，教室裡沒有其他人，背後卻傳來腳步聲。回頭一看，也看不到人影。我嚇得逃回家了，第二天告訴其他同學，其他同學說也遇過這種事。到底是怎麼回事？（群馬縣高崎市　N．Y　11歲　男生）

☆我去一樓調時鐘時，身後傳來腳步聲！（東京都中野區　N．S　8歲　女生）

☆自然科老師晚上獨自在學校備課時，聽到外面石子路上有腳步聲，看了好幾次，都看不到半個人影。聽說這種事曾經發生過三次，好可怕！（長野縣鹽尻市　A．H　9歲　女生）

「木乃伊妖怪」

岩崎京子

我們學校在文化祭*時，會舉行各年級對抗的戲劇比賽。
將近文化祭時，就會大致知道各年級要演出什麼戲碼。
一年級的是「河中運動會」。
二年級要演「花坂爺爺」。
三年級演的是「威廉・泰爾」。

四年級準備演「校園故事」。

我們五年級要演根據格林童話改編的「睡美人」。

只有六年級一直保持神祕，完全不透露半點風聲。練習的時候也很小心謹慎，好像都不在學校練習。

文化祭的前一天，各個年級都要在體育館的舞台上做最後的彩排，因此抽籤決定先後順序。

六年級在我們之前彩排。但是，即使到了這個時候，六年級的人仍然偷偷摸摸的，把體育館的門關得緊緊地練習。

我們想把大型道具和小道具搬到後台，沒想到後台的門也被關上了。我們心急如焚地等在門口。

「時間快到了，六年級真奸詐，根本不遵守時間！」

我們用力敲門。

「時間已經到了，你們怎麼還在排練！」

「趕快出來，輪到我們了。」

「我們排練的時間被你們佔去了，我們要去告訴老師！」

或許是我們吵得太大聲了，六年級的學生終於走了出來。有些人披著很大的包巾和床單，可能還來不及換衣服吧。

「哇，他們還在保密。」

沒想到，床單好像不小心勾到什麼，被扯了下來。下面竟然是——用繃帶包住全身的木乃伊。

還有人搬出了黑色的西式棺材。

「他們想幹嘛？」

「好可怕。」

我們感到不寒而慄，相互看來看去。

老師要求他們「不要演」那個劇目，但六年級還是吵著要演。

「聽說有人還氣哭了。」

我們不知道六年級要演的是「木乃伊妖怪」。原來，這個學校有「木乃伊妖怪」的傳聞，六年級居然特地演給大家看。

很久很久以前，有一名年輕老師受到徵召，加入了軍隊。整個學校，不，整個城裡的人都高呼著「萬歲，萬歲」爲他送行，但當他去了軍隊的兵營時，部隊竟然說召來太多人了。

「你回去吧。」部隊的人把年輕老師趕了回去。

昭和十二、三年（一九三七、八年）和中國發生戰爭時，曾經發生過這樣的事。

但那名老師覺得很丟臉，不敢回學校，自己躲了起來。聽說那名老師變成木乃伊，躲在學校的某個地方。

「會不會是躲在天花板？」

我們曾經心生恐懼地抬頭東張西望，議論紛紛。

如今，六年級的人竟然要演這種戲，難怪老師會阻止他們。

文化祭的當天，六年級還是肆無忌憚地演了那齣戲。

「他們眞大膽，老師一定不會給他們高分，所以，我們得冠軍的機會來了。」

「對啊，對啊，我們要加油。」

表演的順序和彩排的順序相同。我們在「木乃伊妖怪」後面上台。

「第一幕，第一場，舞台準備好了嗎？」

「OK。」

「燈光呢？」

「OK，沒問題。」

「上台表演的人，準備好了嗎？好，把幕拉開吧。」

嘩啦嘩啦嘩啦……。鈴聲後，簾幕拉開了。

「村民A上場。」
導演示意道。村民A就是我。
我深呼吸了一下，大步走向舞台。
沒想到我的腳絆了一下，差點跌倒。以前從來沒有發生過這種事。
我又按住肚子深呼吸了一次，卻覺得胸悶，無法呼吸。
舞台上的空氣很沉悶，我好像被封在凝固的布丁裡，兩隻腳無法移動。
（鬼壓身？）
沒錯。原來這就是鬼壓身。我咳了一下，想要說出台詞，喉嚨卻好像卡住了，完全發不出聲音。
這時，有人在背後推了我一把……，才解除了鬼壓身的狀態……。

我向前踉蹌了一下，差一點跌到觀眾席上。

（誰推我？）

我回頭一看，舞台並不是之前種滿野玫瑰的城堡，而是陰暗可怕的地下室，中間放了一具黑色的棺材。我吃了一驚，再看了一眼，才看到「睡美人」舞台背景的城堡。

六年級演的戲喚醒了木乃伊幽靈嗎？從舞台另一側上來的村民B的裙子也被人拉住了。

文化祭結束後，也不斷發生離奇的事。大家都說是木乃伊搞的鬼。

譯注：日本的小學、中學會舉辦各種文化活動的慶典，有點類似「文化週活動」。

推
!!

無影手　櫻井信夫

那天是暑假的返校日。

在晶子的班上，同學把繪圖日記交給老師檢查，或是向老師報告暑假研究課題的進展。

也有學生沒有安排研究課題，而是挑戰「用自己拿手的姿勢游完五十公尺」。

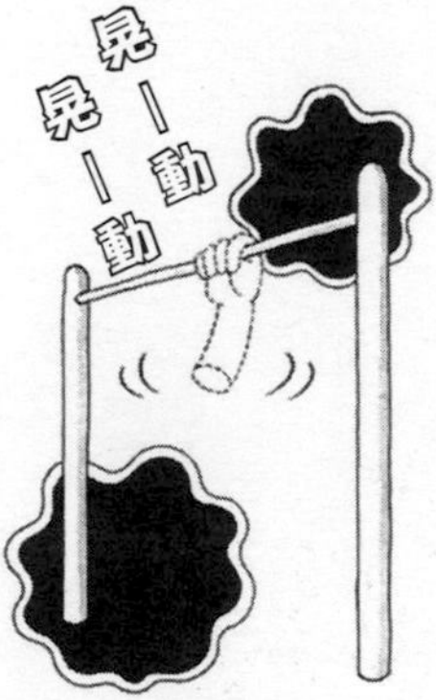

放暑假前，晶子和川村老師討論後，也設定了一個目標。

「怎麼樣？最近有沒有進步？」

「我還是學不會……」

晶子最不會玩單槓，體操是她不拿手的項目，全班只有她不會單腿倒吊上單槓的動作。

「晶子，妳怎麼了？」

其他同學每次看到她雙手握著單槓，單腿跨在單槓上，卻只能晃來晃去，無法躍身上單槓時，就感到很納悶，但無論晶子再怎麼努力，都無法讓身體躍上單槓。

晶子覺得既懊惱又傷心，更想要哭，於是，她主動提出「暑假期間，要學會單腿躍上單槓」的目標。老師也大力贊成，並鼓勵她：
「如果學會單腿倒吊上單槓，往前翻一圈，會很好玩喔。」
晶子經常去住家附近的小公園，但看到公園裡有人，覺得被人看到很難爲情，所以都沒辦法練習。
有時候，晶子也會和媽媽一起去。在媽媽的協助下，可以勉強翻上單槓，但一個人的時候，即使用盡全身的力氣，臉脹得通紅，仍然翻不上去。
「晶子，是不是妳的屁股特別重？」
最後，媽媽忍不住笑了起來。晶子雖然沒有成功，但沒有跨上單槓上的那條腿和手臂的用力方式，也慢慢有了進步。

晶子把這些事告訴了川村老師。

「再加把勁，妳一定可以成功。只要抓到訣竅，單腿倒吊上單槓其實很簡單。」

晶子點點頭。

這一天，大家在中午之前就放學了。晶子故意慢吞吞的留在學校。然後，她走去校園角落的單槓那裡，因爲她有一種預感，今天應該可以學會。

但是，試了好幾次，還是不成功。

「臭單槓，如果世界上沒有單槓該有多好。」

她拍打著單槓，但痛的是自己的手。

她滿頭大汗地坐在地上，抬頭望著單槓。她覺得自己很笨，忍不住自言自語著：

「單槓啊單槓，求求你，不要那麼壞，幫幫我吧。」

晶子再度鼓起勇氣跳上單槓，把單腿跨了上去，雙手緊抓著單槓，身體終於翻了上去。

然後，她的身體往前一翻

……她還來不及驚訝，手一滑，頭朝下跌下單槓。雖然只是一瞬間，但是整個人卻倒栽蔥地，像是從懸崖跌了下去。

然而，好像有人輕輕抱著她，她的屁股緩緩著地，跌在地上。的確有一雙看不到的手抱住了她，否則，她一定受傷了。

晶子不顧一切地再度跳上單槓，這次，身體一下子就跳起來了。晶子感受到那雙看不到的手把她推上單槓。

她輕輕鬆鬆地往前翻轉，然後跳了下來。

然後，又練了一次。她靠自己完成了所有的動作。

「妳是說，周圍沒有人，卻有人抱住妳嗎？」晶子跑去向川村老師報告，川村老師問：「妳不覺得害怕嗎？」

「老師，我一點都不覺得害怕，那隻手很溫柔。」

「真的是手嗎？」

晶子用力點頭。老師注視著晶子的眼睛，平靜地說：

「我想起來了。我忘了是幾年前，那時候，我剛來這個學校不久，那個單槓旁，還有另一個更高的單槓。我記得有一個叫阿隆的同學很會玩單槓，他在單槓上玩大翻轉。雖然老師曾經叮嚀過，不能擅自玩大翻轉。

結果，他手一滑，不小心掉了下來。好幾個老師趕緊跑過去，並且叫了救護車。他的傷勢很嚴重，在醫院住了很長一段時間，但可能是撞到要害，最終還是造成悲劇。所以，校方很快就拆除了那個較高的單槓。

我把這件事忘得一乾二淨。聽了妳剛才的話，我相信救妳的應該是在另一個世界的阿隆的雙手。他一定不希望看到妳發生和他一樣的悲劇，所以，一直在旁邊守護妳……」

川村老師眨著眼睛說。

狐仙狐仙請回家　望月正子

我們班上的同學，尤其是女生，只要一有空，就會玩狐仙遊戲。

把十圓硬幣放在寫有五十音和「YES」、「NO」的紙上，幾個人把食指輕輕放在十圓硬幣上。

「狐仙狐仙請出來，請你趕快來現身。」

然後，就靜靜地等待。

聽說當手指下方的十圓硬幣在字上移動時，就代表狐仙現身了。

然後，只要問想知道的問題，十圓硬幣就會移動，指出一個字又一個字，回答大家的問題。

當有人問：「○○喜歡誰？」時，如果出現的是班上同學的名字，一起看熱鬧的人就會拍手、起鬨。

每次都是香織和美智提出說要玩狐仙遊戲。她們的功課不太好，但很活潑好動，男生都很喜歡她們，是班上的紅人。

班上開始流行狐仙遊戲後，無論別人玩得再開心，仍然有人不屑一顧。那個人就是弓子。

弓子功課很好，但好像不相信狐仙。

其實，我也不相信狐仙。因爲有三、四個人同時把手指放在狐仙顯靈的十圓硬幣上，有心人當然可以趁機移到自己想要的位置上。

但是，大家都玩得很高興，我也和大家一起玩得不亦樂乎。

有一次，我發現早上帶來學校的雨傘不見了，於是，第一次為我自己的事而求狐仙。

結果，十圓硬幣自己動了起來。

——鞋‧櫃‧上‧面——

雨傘真的在鞋櫃上找到了。

「好奇怪，我早上明明把雨傘放進傘架的。」

香織聽我這麼說，露出不懷好意的笑容。

「啊，香織，該不會是妳故意把雨傘藏起來，再假裝是狐仙說的吧？」

「妳這麼說會惹狐仙生氣。趕快向狐仙道謝，請狐仙回家。」

我雖然半信半疑，但還是照做了。

「謝謝狐仙，請回家吧。」

沒想到，十圓硬幣指在「NO」的位置。

「看吧，狐仙眞的生氣了，妳趕快道歉。」

香織和其他人大聲嚷嚷著。

「狐仙狐仙，對不起，我不應該亂懷疑，請回去吧。」

無論怎麼道歉，狐仙都說「NO」。我突然渾身很不舒服，大家一起幫忙拜託，狐仙顯示「YES」後，我才終於覺得舒服點了。

於是，我開始相信，也許眞的有狐仙。

班上的同學越來越熱衷玩狐仙遊戲，除了找不到東西時請教狐仙以外，還向狐仙請示回家要走哪一條路、去哪裡玩或是明天的天氣。

弓子仍然不感興趣，所以，大家都想辦法騙她一起玩。

有一天，香織說她的錢包不見了，於是，大家像往常一樣提議，「那來問狐仙吧。」

然後，大家對弓子說：「如果妳不玩，可能會被當成是那個小偷。」硬是拉她來問狐仙。

「狐仙狐仙，請問香織的錢包是誰拿走的？」

十圓硬幣在弓子的手指下移動。

——鬼・才・知・道——

大家面面相覷。香織趕緊換了另一個問題。

「弓子喜歡誰？」

——討・厭・每・個・人——

弓子若無其事地環視大家。

感覺似乎不太對勁。

我們慌忙拜託狐仙「請回家」，但狐仙卻回答「NO」。

無論大家怎麼拜託，狐仙都不願說「YES」。

香織突然甩開弓子的手。

「狐仙狐仙，我們可以回家了嗎？」

討。厭。
每。個。人
NO。NO。NO。

——NO——

香織的表情越來越緊張，突然倒在地上昏過去了。

大家都害怕得哭了起來。

弓子把手指放在十圓硬幣上，靜靜地說：

「狐仙狐仙，我不再調皮了，原諒我，請回去吧。」

——YES——

「香織。」

「香織，快起來！」

大家一邊哭，一邊叫著香織。

香織如夢初醒般地坐了起來。

事後才聽香織說，她做了一個夢。

「我走在一個開了很多漂亮花朵的地方，走了一會兒，前面有一條河，河的對岸有一個穿著白衣服的老爺爺，臉長得像狐狸，在向我招手。我覺得很舒服，想去那個老爺爺那裡，結果後面一直有人在叫我，我一回頭就醒了。原來是你們在叫我。」

我們嚇得渾身發抖。

之後，我們班上的同學再也不敢玩狐仙遊戲了。

挑戰你的智慧！

俗諺恐怖館

～中級篇～

意義

世界上有些人會突然消失，也許是因為神祕世界超有趣!?既然這樣，早消失就可以早一天享福去了♥

以上是鄰居阿姨的意見。

人體通訊報

VOL. 3

日本民間故事會
學校怪談
編輯委員會
發行

受人矚目會令人心情大好？如果是被牆上浮現的臉．臉．臉注目呢？

最常見的是臉，但偶爾也會有沒有頭的身體。

☆晚上十二點的時候，自然科實驗室會聽到在戰爭中喪生的人喊：「救命！」然後會有無頭的護士拉著推車說：「馬上幫你動手術。」（沖繩縣那霸市　S・M　9歲　女生）

☆冬天的某一日，我一個人留在學校裡，聽到身後有腳步聲，回頭一看，一個渾身血淋淋、沒有頭的人站在那裡，我嚇得趕緊逃回家。（廣尾縣尾道市　O・

出現在人學校的太郎（假名）

M 11歲 女生）

☆聽我同學說，七點的時候，會有一個沒有頭的身體在體育館跑來跑去。（新潟縣新潟市 I·A 9歲 女生）

☆參加三年級暑假的練膽量比賽時，走過一座橋不久之後，看到前面懸了一片很大的樹葉，樹葉下面有一個男人的頭。我以爲是我看錯了，快步往前走，發現另一棵樹旁是一個人的下半身。我想，應該是有人想要嚇我，假裝沒有看到，沒想到頭和身體變成了一個人，對我奸笑後消失了。之後沒有發生什麼奇怪的事，但看了這一系列的書後，我又想起了這件事。（長野縣小縣郡 K·T 12歲 女生）

沛沛的沒事閒聊

沛沛並沒有常常流鼻血，但和其他人的不同之處，就在於可以隨時控制鼻血要不要流出來。只要把右手食指高高舉起，大喊一聲「哈！」鼻血就流出來了。沛沛是有練過的，好孩子請勿模仿。

唔～唔……

……只看到一張臉浮現在那裡……
皮皮挫
皮皮挫
皮皮挫
那、那張臉
吞口水……
長、長、長、長什麼樣子……
那張臉……
長這樣……
哇哈哈哈哈哈哈
真的啦，我嚇死了!!

☆我們學校裡有一個隧道，有時候會出現士兵的幽靈，校園高地上也會浮現出人臉。夜晚時，音樂教室會傳來鋼琴聲，圖書室的黑板下面經常會出現人頭，我同學看到過一、兩次。我曾經好幾次在鏡子裡看到人的臉。聽說學校以前是間寺廟。（神奈川縣横須賀市 H．Y 10歲 女生）

☆我們學校以前是墓地。六年級生要畢業了，所以在學校拍紀念照。第一張、第二張和第三張的照片上，玻璃上都有一個好像死人的大臉……。第四張卻沒有。這到底是怎麼一回事？（三重縣松阪市　W．K　10歲　男生）

☆聽說運動場體育器材室有一個壞掉的球籃，如果把球丟進去，就會出現一個死人臉。我拍下照片後，發現浮現出一張人臉。（大阪府大阪市　M．M　12歲　女生）

☆學務主任晚上巡邏時，聽到呯、呯的聲音，他走出去一看，發現有一個男孩在踢自己的頭顱。（北海道札幌市　S．Y　8歲　男生）

☆晚上……去學校的體育館時，可以聽到呯、呯……拍球的聲音！打開門一看，竟然看到一個男孩的頭像球一樣彈來彈去……。（岐阜縣中津川市　H．Y　11歲　女生）

☆九月十七日星期四。我在學校打棒球，因爲我不太會打，所以只能一個人練習。三十分鐘後，他們說我可以回家了，我就騎腳踏車回家。聽到嘎答的聲音，看到一個只有頭的女生坐在我的腳踏車上。我用棒球手套把那顆頭撥開後，立刻回家了。現在回想起來，仍然覺得很可怕。我們學校有好幾個人都遇過相同的事。（廣島縣三次市　S．K　11歲　男生）

☆三月十八日，午休的時候，我和M一起去拿自然科實驗室的鑰匙。我在距離自然科實驗室三公尺的美勞教室前的走廊上等M把鑰匙拿來時，不經意地往實驗室裡張望，發現裡面有一個頭顱，我嚇了一跳，告訴M後，用鑰匙打開實驗室，看到裡面有一個女人的臉。「M，和妳長得好像。」「對啊。」啊——。（愛

沛沛的意中人

大家都有「意中人」嗎？喜歡一個人的時候，只要想到那個人，就會覺得幸福無比。目光也會追隨的那個人，無論他走到哪裡，都想要跟著他，甚至想要坐在他的肩上。呵呵呵～

喔♡

嫒縣今治市　K·K　9歲　女生）

☆體育館的時鐘在某一個時間時，會出現老爺爺的臉。（千葉縣市川市　O·T　7歲　女生）

☆音樂教室裡有一個只有頭和手的人在叫：「來吧，來吧～～」（宮城縣岩沼市　H·D　11歲　男生）

☆六點三十分，我和其他同學在學校玩的時候，同學突然說：「那裡有什麼東西！」大家都嚇了一跳，往那個方向一看，發現有一張笑嘻嘻的臉，大家都嚇壞了。S先逃走了，大家也都跟著他逃。第二天問了老師，老師說，那個人在九年前死了。（栃木縣那須鹽原市　O·S　11歲　女生）

☆五年B班的天花板上有幽靈的腳印和臉，還會動起來。聽說那裡以前是墓地。（三重縣三重郡　A·H　10歲　男生）

☆我二姊和她同學總共三個人有陰陽眼，經常會看到一些奇奇怪怪的東西。聽說，她在上課的時候聽到的咔鏘咔鏘聲音，以爲就是平時的那個……結果發現是一身修行者打扮的人，手拿著錫杖，竟然和姊姊對望。隔壁班的三個同學也看到了。最可怕的是在考試時，會噗嗵一聲，一顆血淋淋的頭從天花板上掉下來，坐在姊姊的桌子上。姊姊一整天都說不出話。不過，在那幾個朋友中，姊姊的陰陽眼能力算是第二強。比她更強的人應該更可憐。（岡山縣倉敷市　T·Y　8歲　女生）

☆下雨的時候，圖書館的窗口就會有一張人臉。我自己曾經在游泳池的水裡看到一張男人的臉。（東京都小金井市　K．M　11歲　女生）

☆我讀一年級的時候，有三個人在學校附近的鐵路那裡被輾死了。自從那件事之後，每次五點的時候去鐵路附近，附近的花就會浮現人臉，沙坑那裡也會浮現出人影。（宮城縣柴田郡　S．Y　10歲　女生）

☆三樓廁所的第三間有○○的幽靈，這是千真萬確的事。我不小心看到了鏡子裡出現一個皮膚很白的女人。（福井縣福井市　H．M　9歲　女生）

☆有一個女人頭從三樓追到二樓，又從二樓追到一樓。（宮城縣大崎市　I．H　10歲　男生）

☆學校天花板的角落突然變暗，晚上的時候，就會出

遜腳小龍的 **難以置信的世界**

哈囉!!心愛的Q比

哇噢！我的祕密終於要曝光了……。不瞞各位，我每天都抱著Q比一起睡覺。這隻Q比的名字叫「可愛媽咪二號」!!嗯，真害羞。（各位讀者，不許笑!!）♥

我沒有陰陽眼，所以不會有問題，絕對看不到那些東西……！
越是說這種話的人，偏偏……!!

現一張臉。（大阪府寢屋川市 Y．S 8歲 男生）

☆學校牆壁的黑漬統統都是人臉和人的身體。（愛知縣大府市 H．M 9歲 女生）

☆晚上十點的時候，學校樓梯會出現一個女人的臉，十一點的時候變成男人的臉，十二點的時候，右邊是女人臉，左邊是男人臉。（千葉縣船橋市 W．A 7歲 女生）

☆晚上十二點，校長室的沙發上就會浮現以前校長的臉。（埼玉縣狹山市 T．M 10歲 女生）

☆我在買東西回家的路上，發現地上軟軟的，低頭一看，發現那兒有一張人臉。我急忙回家，第二天去看的時候，發現地上供奉了一束花。我看到的時候是八點整。（北海道札幌市 H．N 10歲 女生）

看到了，看到了

望月正子

暑假時，學校規定學生每天都要去游泳池報到。那天游泳結束後，信和達也兩個人一起騎腳踏車去和田山。

信和達也住的城鎮在今年春天印製了《史蹟・傳說地圖》。

這份地圖上記錄了這個城鎮內有來歷的寺廟、神社和傳說中的地點。

信和其他六年級的學生在春天遠足時，曾經拜訪過地圖上史蹟之一的橫山城遺跡。看到現在仍然能夠從戰爭中燒毀的橫山城遺址裡挖出燒焦的米，不禁興奮不已。

「哇，這是四百五十年前的米。」

「好神奇。」

信和達也樂壞了，很快被史蹟和傳說深深吸引。

「達也，我們去這份地圖上的其他史蹟探險一下。」

「贊成！看這份地圖上那些傳說中的地方就覺得很好玩。」

假日的時候，他們拿著這份地圖騎腳踏車去探險。

他們今天的目的地，是以前住在山中的妖怪天狗曾經休息過的地方

——「一本松」。一本松位在和田山的山頂附近，從城鎮就可以看到。

「達也，這裡快要上坡了吧？」

「對啊，我問了爺爺，他說這座山以前不讓人上去，可能是沒有路，所以以前也沒有人去那裡採野菜。」

「爲什麼？如果沒有路就慘了。」

「信，你看，那裡好像有寫什麼字。」

走進一看，那裡豎著一塊很新的牌子，上面寫著「天狗休憩松，請往此走」，旁邊有一條被人踩出來的窄路。

「咦？這裡不是有路嗎？」

他們把腳踏車停在牌子旁，背起背包，開始往上爬。

坡道很陡，他們爬得氣喘吁吁，渾身都噴出汗水。越往上爬，高大的樹木越來越稀疏，上方有一棵松樹。

他們撥開纏在腳上的羊齒蕨和芒草，終於來到那棵松樹下方。

山頂上是一片芒草，那棵松樹下豎著一塊牌子，寫著「天狗休憩松」。

「什麼嘛，就只有這棵松樹而已嗎？快來看看，天狗到底坐在哪裡？」

信一邊擦著汗，一邊仰頭看著松樹。

那只是一棵很普通的松樹，稍微有點彎曲，很難想像天狗曾經坐在這裡休息。這裡的視野很好，遠處可以看到信他們居住的城鎮。

「那個隆起的山就是橫山城舊址吧，右邊是橫山小學，我們學校在右側那座山的後面。」

達也拿下背包，取出一罐果汁。

「好熱，信，這裡的風景不錯，但太熱了，根本沒辦法在這裡吃便當。」

「對，我們還是下去吧。」

他們走回剛才的樹蔭下，打開便當。

「我肚子好餓，趕快來吃吧！」

信大口咬著包著海苔的特大飯糰。

「在外面吃便當就是特別好吃。我帶了五個飯糰。」

達也滿嘴都是飯。

兩個人吃得津津有味。

「啊，吃飽了，肚子都快撐破了。」

信咕嚕咕嚕地喝著水壺裡的冰麥茶，突然覺得好像有人看著他。

他環顧四周，沒有看到任何人。達也的最後一個飯糰還剩下一半，就用外面的包裝紙包起來壓扁。

這時，從地下傳來一個緩慢而低沉的聲音：「看到了，看到了。」

信驚訝地看著達也，達也似乎也聽到了，立刻停下手。

「看到了，看到了。」那個低沉而緩慢的聲音好像回音一樣從四面八方傳來。

「看到了，看到了，你們在我們面前大吃大喝……。」

信和達也渾身發抖，說不出話。

「我們已經不知道餓了多久，你們卻在我們面前開懷大吃……。」

這個聲音傳來的同時，附近的樹木和草都發出沙、沙的聲音，裊裊飄起一團白霧。

信和達也忍不住抱

在一起，好像被鬼附身般動彈不得。不一會兒，白霧消失了。

隔了一下子，達也和信才回過神。

他們「啊——」地大叫一聲，連滾帶爬地下了山，跳上腳踏車，拼命騎回城鎮。

當他們終於鬆了一口氣時，想起達也的爺爺說過和田山「以前是不可以去的地方」這件事。

「信，這會不會和你爺爺說的話有關係？」

「我們再去問清楚。」

於是，他們眞的去問了爺爺，爺爺說：

「我也不是很清楚，只知道以前這一帶鬧飢荒，很多人都餓死了。

聽說有些人餓得受不了，就去吃樹皮和樹根。你們在山上遇到的，可能是這些人的亡靈吧。」

鬼故事要在寺廟說

千世真弓子

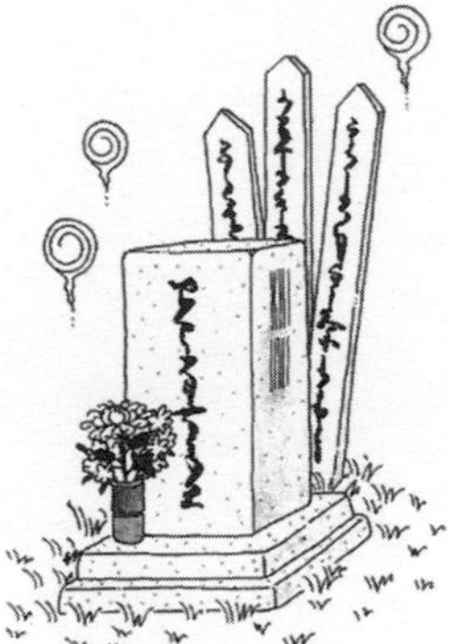

那是八月盂蘭盆節的時候。

「記住了，今天晚上十一點集合，去幽靈出沒的寺廟舉行儀式。」

高雄這麼提議道。我覺得在盂蘭盆節的時候說鬼故事，幽靈就會出現這件事很好玩，而且，我們這一帶和大城市不一樣，人死了之後，還都是土葬。光是這一點，就夠讓人感到害怕了。

那天晚上，我們六年三班的十三個男生依約在那個寺廟集合。聽說十三日星期五是不吉利的日子，所以才決定十三個男生參加。傍晚的時候，下了一場雷陣雨，地上很泥濘。

「大家都到齊了，我們開始吧！」

十三個人圍在本殿前，每個人都點亮了手上的蠟燭。

「這個儀式是測試我們的勇氣，接下來，每個人都要說一個鬼故事。」

高雄用好像在演戲一樣的低沉聲音說道。或許是因爲剛下過雨，空氣很潮濕的關係，我有一種不祥的預感。

（聽說盂蘭盆節時，地獄的門會打開……）

我想起小時候，曾經聽爺爺這麼說過，當時，我根本不相信……。

「開始了，我先說。」

高雄開始說鬼故事。蠟燭的紅光淡淡地映照出大家的臉。接下來是小世，大家一個又一個輪流說。周圍的空氣似乎和之前不一樣，我有點喘不過氣。

終於輪到我了。

我覺得這種濕黏的空氣很可怕，就說了一個很無趣的鬼故事。

「搞什麼嘛，一點都不可怕！」

高雄很生氣，氣氛和剛才不一樣了。

但是，高雄提出一個更可怕的建議。

「因爲道彥說了一個很無聊的故事，氣氛都被他破壞了。所以，接下來要舉行一個更像男人的儀式。」

高雄神情嚴肅地說。

每個人「先點好一根蠟燭，然後，火柴盒裡只放一根火柴，去墓地繞一圈回來。」

萬一蠟燭熄滅，只有一次機會可以點亮蠟燭。如果沒有點亮，就只能自認倒楣。而且，最裡面那塊墓碑放了十三朵夾竹桃，爲了證明曾經走到墓地深處，每個人要把其中一朵拿回來。原來高雄早就計畫好了。

這個儀式，不，應該說這個遊戲開始時，已經是深夜了。大家抽籤決定去墓地的先後順序。我是第十個，高雄是第九個，剛好在我前面。前面的人已經拿回八朵夾竹桃花，什麼事都沒有發生。大家都覺得很刺激，我也開始樂在其中。

高雄點亮蠟燭後出發了。

但是，過了很久，他仍然沒有回來。

「高雄一定在搞什麼鬼，想要嚇道彥。」

大家都這麼說，我在大家的慫恿下，不等高雄回來就出發了。

盂蘭盆節期間，每一座墳墓的竹筒裡都插著鮮花，供奉著食物。白天很熱鬧，但一到晚上，這些鮮花和食物就像是另一個世界的東西，既陰森，又可怕。

我戰戰兢兢地走進墓地，尋找高雄到底躲在哪裡。當我走到最裡面的那個墳墓時，看到只剩下四朵夾竹桃。

（高雄已經來過了，我才不會上他的當……）

墓地的地上非常潮濕，很不好走。球鞋沾到泥巴後，感覺越來越重。

野草沙、沙地搖晃著。

「嗚，嗚。」

我好像聽到狗在呻吟。

（有人在那裡！）

正當我想去看仔細時，蠟燭的火滅了。我感到背上一陣發毛，慌忙點了火柴。

我看到有一個人倒在前面，雙腳好像埋進了泥巴，動彈不得了。是高雄！

「你在幹嘛……!?」

我的話還沒有說完，整個人都僵住了。蠟燭和夾竹桃花掉在地上。

因爲我看到一隻好像煙霧般的白手抓住高雄埋進泥巴裡的腳踝。高雄呻吟著，拚命掙扎。

我不顧一切地拉著高雄的身體。

我一拉，高雄身上那隻煙霧般的白手也從泥巴裡伸了出來。

「啊——！」我大叫一聲，用盡渾身的力氣把高雄拉了出來，泥土裡冒出來的煙霧竟然出現了一個人的樣子。

（她身上背著小孩子！）

我看到那個人了。

我撿起地上的夾竹桃花丟過去，高雄的腳終於從泥土裡拉了出來，但鞋子還留在原地。

我們連滾帶爬地逃走了。

第二天早晨，我找了已經嚇得魂不附體的高雄一起回去找他的球鞋。

不知道是否被雨淋到的關係，那裡有一塊嶄新的木牌倒在墳墓上。

「我在這裡絆倒了……」

高雄輕聲嘀咕著，旁邊有一朵枯萎的夾竹桃花。

我們去問了寺廟的和尚，聽說那個墓裡埋葬的女人，是在一個月前，背著小孩被車子輾死的。

KIDS

亨利被吸進去了

渡邊節子

雄太內心很著急。因爲他和愼一、望、拓三個人一起走在放學回家的路上時，大家開始說起鬼故事。雄太並不討厭鬼故事，但他只想聽，不太會說。因爲他從來沒有經歷過類似的事，而且，最近也沒有聽到什麼新的鬼故事，他聽過的故事其他三個人也早就聽過了。

其他三個人都說了新的鬼故事，然後對雄太說：

「雄太，輪到你了，你至少應該知道一個新的鬼故事吧。」

我就知道會這樣……。雄太無可奈何，只好編了一個故事。

「你們應該聽說過，我們學校以前是墓地這件事吧？在建造學校時，用水泥糊牆的時候，發現泥土不夠了，就用了一些墳墓的泥土。體育館後面的牆壁不是有一塊顏色不太一樣嗎？就是那裡。如果晚上經過那裡，就會被吸進牆壁。」

這時，剛好來到雄太家附近的岔路。

「明天見。」

雄太向大家道別。

沒想到，當天晚上，雄太家的電話鈴響了。雄太接起電話，發現是拓打來的。拓的聲音發抖。

「聽我說，關於白天的事。」

「白天的事？」

「就是體育館的牆壁。」

「喔，原來你是說那個。」

雄太正想說「那是騙你的」，卻聽到拓用快要哭出來的聲音說：

「亨利被吸進去了。」

「亨利？就是你家的狗嗎？」

「對，我像平時一樣帶牠去散步，我覺得白天你說的故事很有趣，所以就去那裡散步。因爲有亨利陪我，我想應該沒問題。我走去那裡一

看，發現牆壁的顏色眞的不一樣，而且看起來像一個人，我稍微摸了一下，覺得有點溫溫、軟軟的。

我嚇了一跳，往後退了一步，不小心把亨利放開了。結果亨利走到牆邊，然後就走進牆壁裡面去了。牠被吸進去了。」

「不可能。因爲那根

本是……」

「我親眼看到的，絕對不會錯。而且，今天我哥哥也陪我一起去散步，我哥哥也看到了。」

編出來的故事怎麼可能成眞？雄太在第二天晚上悄悄去看那道牆，發現牆上有一個地方的顏色的確不一樣，眞的很像是人影。而且，只有那一塊地方鼓鼓的……。

亨利從此再也沒有出現過。

洞窟裡

針谷美智子

那由太讀四年級了，最近，同學之間都流行說鬼故事和冒險故事。大家都爭先恐後地分享私藏的鬼故事，好不熱鬧，但那由太最近總是聽別人說，卻沒有值得和大家分享的話題。

那由太讀的補習班要在暑假的時候舉辦兩天一夜的露營。

「那由太，你一個人不會怕嗎？」

媽媽有點擔心，但那由太卻充滿期待。

因爲他得知要去搖野丘露營，就覺得可能會遇到很不尋常的事。

那天的天空萬里無雲。

一到露營場，大家立刻七手八腳地開始搭帳篷。在老師的協助下，終於搭起了藍色的帳篷。吃完便當後，老師嗶嗶嗶地吹著哨子。

「四點以前的自由活動時間，大家可以做自己喜歡的事，但是——」

老師的話還沒有說完，那由太就背著背包站了起來。

一定要找到一個其他人還沒有發現的地方。那由太快步跑向露營地周圍的自然樹林。

「那由太，不要跑那麼快，小心危險。」

老師在背後喊著。

樹林中是一片和緩的坡道，地上長滿了山白竹。

這裡一定有沒有人知道的隱密地方，比方說，祕密的洞窟之類的……。

那由太四處張望著，沿著斜坡走了下去。

來到斜坡盡頭時，四周明明沒有風，前方的山白竹卻發出沙沙沙、沙沙沙、沙沙沙的聲音。

他悄悄地走了過去，在山白竹後方看到一個洞口。

釘在入口的木板有一半已經腐爛，倒了下來。

「太棒了！」

那由太立刻從背包裡拿出棉質手套戴了起來，打開大手電筒。

橡膠底的球鞋有防滑功能，走進洞窟探險也絕對沒有問題。

那由太跨過倒在一旁的木板，鑽進洞窟裡面。

裡面比想像中更加黑暗，陰陰涼涼的。他小心翼翼地向前跨出一步，頭不小心撞到了洞的頂端。洞窟似乎並沒有很大，手電筒照著腳下，蚰蜒緩緩地爬了過去。那由太專心看著地上，臉不小心碰到了蜘蛛網。蜘蛛伸著好長的腳慢慢逼近。

那由太忍不住縮起脖子，洞頂冰冷的水珠滴在他的脖子上。

「啊——！」

那由太大叫一聲，手電筒不小心掉在地上，燈滅了，四周比剛才更暗了。

那由太被自己的聲音嚇到，踉蹌了幾步。

他渾身發抖，根本不想繼續探險了，正當他想往回走時，看到前方有亮光。是出口！那由太振作起來，一步一步往前走。亮光並沒有越來越亮，而且開始一閃一閃的，拖著長長的尾巴飄來飄去。

「啊！這是怎麼回事⁉」

那由太好像被鬼壓住了身體，整個人都無法動彈。

這時，隱約傳來很悲淒的聲音。

「姊——姊。」

然後，又有另一個聲音：

「你抓好姊姊……」

那由太的心臟幾乎從喉嚨裡蹦了出來。

（什麼？除了我以外，還有其他人嗎？）

好像有人走了過來，不一會兒，一個綁著麻花辮的影子出現在眼前。

那個人蒼白的臉很透明，在那由太面前晃來晃去。

身後背了一個理平頭的男孩……。

那由太拼命大叫：

姊……
姊……

「救命啊！」

在他大叫的同時，身體可以活動了。那由太使出全力衝出洞窟，在出口的地方昏了過去。

當他醒來時，發現自己躺在露營區。

老師和村民擔心地看著他，那由太說：

「洞窟裡面有人。」

村裡的老太太自言自語地說：

「那是亡靈，到現在還沒有成佛。」

「啊？什麼意思？」

補習班的老師看著老太太問。

「那是之前戰爭時的事……」

老太太說完這句話，娓娓訴說起來。

戰爭的時候，美國的飛機也飛來這裡丟炸彈，所以，路旁也挖了防空洞。

有一次，一對感情很好的姊弟在上學路上遇到空襲。

他們慌忙逃向附近的防空洞，卻被炸彈擊中。

當村民們跑去救他們時，兩姊弟已經死了，弟弟緊緊抱著姊姊。

老太太閉上眼睛。

「看來，這麼多年後，那對姊弟仍然在那個黑暗的防空洞裡相依爲命。」

釣到的人體模型
不必再餵食
男

意義

去釣魚的時候，莫名其妙地釣到一具人體模型。既然人體模型想搞怪，絕對不能餵它吃食物，必須好好懲罰它一下，才有利於日後的調教！

人體通訊報

VOL. 4

日本民間故事會
學校怪談
編輯委員會
發行

如果突然有人對你說：「來玩吧」，你會怎麼辦？誰對你說……？那當然是……。

雖然看不到人影，只聽到聲音……。

☆在舊校舍時，四、五個人一起玩捉迷藏。其中一個人躲進了體育館裡的一個洞，大家都沒有找到他，以爲他回去教室了。回到教室後，也不見他人影，大家以爲他直接回家了。那個躲起來的人等累了，不小心睡著了，那個洞的門不知道什麼時候關上了，結果他出不來，就死在裡面了。之後，每到六點的時候，就會聽到有人叫：「讓我出去！」（長野縣上高井郡 K．J 10歲 女生）

☆我們學校十年前舉行文化祭排練時，有一個學生被其他同學欺侮，文化祭當天，那個學生在地下室咬舌自盡了。學校雖然重新改建了，但一個人去地下室時，就會聽到練習台詞的聲音。（北海道紋別郡）

☆我參加完班長會議後回到教室收拾東西準備回家，不知道哪裡傳來一個聲音說：「來玩吧。」我嚇得拔腿就跑。第二天到學校時問其他同學，才知道「聽說之前有一個學生找不到同學和他玩，結果就自殺了。」（山形縣新庄市 Y．M 10歲女生）

☆去長野縣露營時，晚上我想去上廁所，但那裡的廁

人體通訊報 VOL. 4　○月×日（星期△）

所是茅坑。我戰戰兢兢地走過去，發現只亮了一盞小燈，很難找到。好不容易找到後走了進去，聽到裡面傳來「救命，我好難過」的聲音。我趕緊問：「怎麼了？是誰？」那個聲音就消失了。（奈良縣奈良市　O．J　8歲　女生）

☆一年五班的第一張桌子受到詛咒，把耳朵貼在桌子上，就會聽到一個女人的聲音說：「讓我出去——」。（青森縣八戶市　K．T　8歲　女生）

☆一個人走進學校廁所最左邊的那一間，閉上眼睛十秒鐘，就會聽到一個聲音問：「站在後面的是誰？」（秋田縣秋田市　H．Y　8歲　女生）

沛沛的歉意

昨天，一個聲音超可愛的女生打電話來問：「請問沛沛在嗎？」雖然我心裡樂不可支，但因為太緊張了，不小心回答說：「不在。」唉，我做了蠢事……。可不可以再打給我一次？

好想收到情書

☆在幼稚園時，聽到一個老頭子的聲音叫：「救命！」我家的貓咪美緒也覺得很害怕。（埼玉縣越谷市　Y・K　5歲　男生）

☆學校的廁所很黑，半夜的時候，會聽到「好難過，好難過」的聲音。可能是以前遭到欺侮，被人把頭塞進馬桶的學生的幽靈。（愛知縣名古屋市　M・Y　13歲　男生）

☆在沖繩，如果到曾經發生激烈戰事的地方，我的感應能力會變得很強烈，可以看到那些東西。之前，我聽到身後有人叫：「去死！」差一點把我從二樓推下去……。（沖繩縣宜野灣市　K・N　13歲　男生）

遜腳編輯

小龍的休息室

第四集　幽靈隧道

我又帥、膽子又大，所以獨自去了鎌倉的幽靈隧道！隧道上面是火葬場，在火葬場燒掉的人會變成幽靈出現在隧道裡，不過，我最後還是沒看到幽靈（啜泣……）。如果有人知道更可怕的地方，麻煩告訴我!!小龍天涯海角都會去（真的假的？）。

☆N進去廁所後，臉色很奇怪，我問她：「怎麼了？」她說，她聽到廁所裡有人問她：「要不要和我一起去？」（山口縣防府市　H・Y　8歲　女生）

☆晚上，體育館的倉庫傳來「爲什麼只有我埋在這裡」的聲音。我們學校以前是墓地。（岐阜縣可兒市　M・R　10歲　女生）

☆別人都說我感應能力很強，那天我真的看到了。我在房間做功課，聽到有人叫救命。我上床睡覺後，第二天早晨，才聽說同學車禍身亡了……。（埼玉縣新座市　H・Y　11歲　女生）

☆討厭啦，一大清早就得去上廁所。學校的蹲式馬桶很臭，而且聽說有人看到下面有手伸出來；也有人聽到奇怪的聲音，當回過神時，發現自己居然在圖書室。已經有好幾個人遇過這種事。我想，我運氣應該算不錯，就還是去上了廁所。這時，聽到有人罵：「王八蛋！」我拔腿就跑，一看鏡子，看到一個渾身是血的人。（秋田縣山本郡　A・T　10歲　男生）

☆傍晚四點的時候，一個人站在圖書室的某個位置，就會消失不見。有人就這樣消失了，所以四點的時候，站在那裡附近會聽到啜泣的聲音。（東京都日野市　H・D　11歲　男生）

☆我去擰乾抹布時，聽到水龍頭裡傳來女人哭的聲音。我同學也聽到了，好可怕。（福島縣須賀川市　W・N　10歲　男生）

☆三年級的鞋櫃那裡傳來小嬰兒哭泣的聲音。聽說我們學校以前是墓地。（東京都多摩市　M・A　9歲　女生）

A的未來目標，是當一個能歌善舞的妖怪

人體通訊報 VOL. 4 ○月×日（星期△）

☆聽說有一個女人在中央樓梯一樓廁所裡自殺，晚上時那裡可以聽到女人的笑聲。（滋賀縣大津市 Y・R 10歲 女生）

☆放學後去廁所，明明裡面沒有其他人，卻聽到「呵呵呵呵」的聲音。OH！MY GOD！（岩手縣下閉伊郡 H・A 10歲 女生）

☆晚上的時候，學校裡會聽到有人唱歌的聲音。聽過的同學越來越多，聽說是有人在唱歌的時候突然死了，所以，那個人的幽靈就一直在唱歌。可能那個幽靈對這個世界很留戀，至今仍然不捨得離開學校吧。（北海道紋別郡 T・A 12歲 女生）

☆有一天放學後，我和同學M美一起去廁所。因爲她去了很久，我就叫她：「M美！」，結果傳來「♫嗯～嗯～♪」哼歌的聲音。我一次又一次地拼命叫著「M美」，但她還是不理我。我想，一定是被喜歡唱歌的幽靈附身了。事後，M美似乎不知道發生了什麼

沛沛的夢囈

沛沛之前發高燒時的夢囈被人錄了下來，聽了之後，發現沛沛不斷重複「哞加啦，嗯呸呸，摩西摩沙泡泡，努噢噢噢噢噢～」……。羞死人了……。

呀—

事。（北海道紋別郡　S・M　13歲）

☆上廁所時唱歌，廁所裡沒有人，卻有人一起唱歌。（宮城縣柴田郡　M・S　10歲　女生）

恐怖體驗還有很多很多，如果你也知道很嚇人的故事，趕快來向編輯部的人招供!!

☆聽說我們學校到晚上十二點就會變成醫院。同學邀我十二點的時候去看看，看了之後，聽到廁所裡傳來呻吟聲。（沖繩縣中頭郡　I・H　9歲　女生）

★通訊室廣播★

〈人體通訊報〉有趣嗎？原來有些幽靈和妖怪只有眼睛或是只有手，以前還眞不知道呢！你們早就知道了嗎？通訊報萬分感謝大家踴躍來函。

校車在呼喚?!

望月新三郎

四月之後，我們就讀的分校要被拆掉，所以要搭校車去市中心的本校上課。

橘色的校車感覺很舒服，但仔細一看，才發現校車之前並不是橘色，有些地方露出了原本的藍色。

「這輛車子是舊的。」

「嗯，不過很漂亮，所以沒關係啦。」

我們這些學生都這麼說。

春天的戶外教學決定要前往位在越過兩座山的H湖湖畔的「湖水之家」，我們要搭校車去。

當天早晨，雖然下了一點雨，到H湖的時候，雲開了，太陽露了臉。

我們搭兩輛車繞H湖觀察植物和小動物，也去參觀了鐘乳洞。

當所有的參觀行程結束後，校車準備帶我們前往湖水之家。

來到沿著河畔的彎道時，我們搭的那輛校車晃了一下，突然停了下來。

「啊，爆胎了。」

司機慌忙扛著工具箱下車。

之後的情況可以稱爲驚險連連。

鎖住輪胎的螺絲滾進草叢裡，找了半天都找不到。

雖然只是換上備用輪胎而已，卻花了很久的時間。

「咦？這裡竟然有地藏菩薩。」

「眞的耶，還有人供花。」

「爲什麼這裡會有地藏菩薩？」

「該不會以前這裡曾經發生過車禍吧？」

「啊——，好可怕。」

我們大聲討論著地藏菩薩的事。

天色暗下來後，司機才終於換好輪胎。

沒想到開了不久，右側的車頭燈又熄了。

司機檢查了半天，仍然查不出原因，只好慢慢行駛。

右側是懸崖，又是連續轉彎的坡道，司機滿頭大汗地開著車，最後，校車終於順利把飢腸轆轆的我們送到了湖水之家。

時間已經是晚上八點多了。

我們慌忙下了校車，搭另一輛車子的學生早就已經洗好澡，吃完飯了。

我和大家一起來到洗手的地方，才發現把手錶忘在車上。

那是我向姊姊借的手錶，上面有迪士尼的圖案，萬一遺失就慘了。

於是，我趕緊跑回停在中庭的校車。

校車的車門敞開著。

「太好了。」

雖然已經關了燈，車上黑漆漆的，但我摸索著來到剛才坐的位置找手錶。

正當我想要離開時，發現肩膀突然很沉重。

「咦!?」

我用手摸著肩膀，忍不住渾身發抖。

因爲我摸到一隻冰冷的小手。

啊！有人在車上嗎？

正當我感到害怕的同時，發現身體無法動彈。

「救、救命啊。」

我想要求救，卻喊不出聲音。

當我快昏過去的時候，司機上了車，打開車上的燈。

「你怎麼在這裡？」

司機看到我，似乎嚇了一跳。

「呃，那個——」

我終於可以發出聲音了。我的肩膀也不知道什麼時候變輕了。

我雙腿發軟，根本無法走路。雖然說起來很丟臉，最後，只能在司

機的攙扶下勉強走下校車。

戶外教學結束後，校車還是經常發生許多莫名其妙的事。

有一次在平交道中間突然熄了火，大家都嚇壞了。

暑假前，校車終於換成藍色的新車。

我鬆了一口氣。因爲自從春天的戶外教學，沒錯，就是那天晚上遇到離奇的事後，我很怕搭校車。

事後我才聽到傳言。

「那輛橘色校車還很新的時候，曾經掉進H湖附近的河裡。」

「對，對，在參觀鐘乳洞回程的路上爆胎時，那裡不是有地藏菩薩嗎？聽說有一個男生在那裡死了。」

可能就是那個男生把手放在我的肩膀上。我想一定是這麼一回事。

山頂上的死神

水谷章三

「你已經上國中了，那我就帶你去吧。」

「太好了。」

我忍不住歡呼起來。

爸爸要開車帶我去溪流釣魚，這是我第一次跟爸爸去釣魚。我們要在星期六下午出發，經過S峰後，再去深山裡的釣魚區，先在車子上睡一晚，第二天太陽出來前開始垂釣。

星期六終於到了。

我一大早就心神不寧，坐立難安，爸爸可能已經準備好所有的東西，所以不理會我，悠閒地看著報紙。

「爸爸，快走吧？」

「別著急，三點才要出發。」

我等不及了，又把自己背包裡的東西拿出來，重新檢查了一遍。

「來，這是今晚的晚餐。」

媽媽爲我們準備好烤肉的材料。

「我們等一下在路上買飲料放在小冰箱裡。好了，我們走吧。」

爸爸終於站了起來。

「我們走了。」

「路上小心。」

我跳上副駕駛座。

「出發！」

車子啓動了，但開了五、六分鐘後，突然煞車停了下來。

「我忘了帶東西。」爸爸說。

「忘了帶什麼？」

「皮夾。」

「什麼？」

一回到家，媽媽右手拿著皮夾，左手摸著肚子哈哈大笑。

「眞讓人擔心，你們眞的沒問題嗎？」

「這孩子可能是掃把星，我以前從來沒有發生過這種事。」

爸爸怪罪到我頭上。

我們再度出發。中途去超市買了罐裝啤酒、果汁和烏龍茶，放進小冰箱裡。

之後的兩個小時一切都很順利，我昏昏欲睡。昨晚太興奮了，幾乎沒有好好睡覺。

正當我準備夢周公時，突然聽到爸爸說：

「啊呀，眞不吉利。」

「怎麼了？」

爸爸把車子開到路旁停了下來。

「這個掉下來了。」

爸爸手上拿著行車安全的護身符，剛才還掛在照後鏡上。媽媽好說歹說，才說服爸爸掛在車上。

「有二次就會有第三次喔，爸爸。」

「什麼意思？」

「你第一次忘記皮夾，這次護身符又掉下來，第三次是……」

雖然我嘴上開著玩笑，但心裡有點毛毛的。

爸爸一言不發地把護身符掛回原來的地方。

「爸爸，開車小心喔。」

「我知道，你少囉嗦，趕快去吃你的糖吧。」

我有點後悔，覺得自己太烏鴉嘴了。

之後，爸爸一直都默默開車。我吃了一顆糖，頓時精神百倍。快到S峰時，天色果然暗了下來。我記得以前曾經聽爸爸說過，在天空還有一絲亮光，天色快要暗下來時開車最危險。聽說那個時間帶稱爲「逢魔時刻」，各式各樣的妖怪都會出來興風作浪。

爸爸仍然不發一語。通往S峰的路是連續急彎道。爸爸在生氣嗎？

還是因爲現在是「逢魔時刻」的關係……我忍不住胡思亂想起來。我相信爸爸的開車技術是職業級的，但連續彎道很可怕，只要稍微晚一點切方向盤，就會衝出護欄，墜入谷底。我確認安全帶已經繫好後，目不轉睛地看著前方。

「到山頂了。」

爸爸終於開口說話，然後把車子停了下來。我和爸爸一起下車，活動筋骨，用力深呼吸，發現前後都沒有車子，一片寂靜。

「啊，眞舒服。」

我努力用開朗的聲音說。

就在這時，遠處傳來機車引擎的聲音。而且聽起來好像不是一輛，而是很多輛從我們剛才經過的地方駛來。

爸爸突然緊張起來。

「可能是飆車族，我們趕快走吧。」

我們急忙上車，立刻發動車子，但已經來不及了。轟轟轟，轟轟轟的刺耳聲音越來越近。至少有二十輛，不，可能更多，不知道突然從哪裡冒出來一群飆車族。機車的車前燈像怪獸的眼睛般咄咄逼人，朝我們的車子駛來。

「眞是的，原來這就是第三件倒楣事。」

爸爸對我剛才的玩笑話耿耿於懷。

「眞讓人生氣。」

爸爸只好放慢速度，把車子開到道路左側的懸崖旁。那群人嘴裡不知道叫喊著什麼，把引擎開得轟隆作響，接二連三地從我們的車子旁駛過。我嚇得渾身起了雞皮疙瘩，很怕他們突然包圍我們，把我們的車子砸毀。

最後一輛機車故意騎到我們車子旁，機車騎士把安全帽的防風罩推開，呸地對我們吐了一口口水。

「在這裡磨蹭什麼？死老頭子，王八蛋！」

他瘦巴巴的臉上完全沒有血色，我忍不住把目光移開。聽到引擎聲遠離時，才敢張開眼睛。

這時，我看到了。

有人跨坐在前一刻對我們咆哮的機車騎士騎的那輛機車上，而且是一個白髮老人，可以清楚看到他白色的衣服隨風飄揚著。騎士剛才經過我們旁邊時，根本沒有坐人。

那輛機車在高速飆車的同時，莫名其妙地在路上左右蛇行起來。老人竟然沒有抓住騎士的腰，還輕鬆地挺直了腰坐著。更奇怪的是，騎士似乎根本沒有發現他身後有人。

「爸爸，那是怎麼一回事？」

「不知道。」

爸爸踩下油門追了上去。老人的白色衣服在我們車燈的燈光下忽隱忽現，他的身體也跟著機車左右搖擺著。前面突然出現了急彎道。

「啊，彎道！」

爸爸和我發出驚叫的那一剎那，機車越過了護欄。

「啊——！」

慘叫聲和機車車體墜落的聲音在黑漆漆的谷底迴響著。

那個挺直腰桿的老人到底是怎麼一回事？

過了一會兒，爸爸好像突然想起似地說：

「改天再去釣魚吧。」

我們報了警，但隻字不提老人的事。

在游泳池裡掙扎的是……

宮川廣

我大學畢業，就來這所山村的小學工作。今年是第二年。這所小學很小，總共只有三十六名學生。我住在學校後方的房子，享受著一個人的生活。

雖然是暑假，但游泳池每天都開放，所以學生們仍然會到學校來。每次看到他們露出不同於平時上課時的活潑表情，都不由地感到高興。

暑假第三天，學校對面那家專賣文具和各式各樣雜貨的「文化堂」的老婆婆，帶著她的外孫來到辦公室。

她的外孫住在鎮上，今年讀一年級。他一雙調皮的眼睛骨碌骨碌地轉動，很可愛。

「老師，可不可以讓我家聰司也和大家一起游泳？」

老婆婆拜託校長。她和從小在這裡長大的校長是老朋友。

「我也很想讓他游泳，但萬一發生意外會很麻煩。」

校長很猶豫。

「又不是去河裡游泳，怎麼可能發生什麼意外？只要讓他在角落玩水就好了。」

老婆婆毫不退縮。

「山口，你覺得呢？」

校長問我。

「應該沒問題吧。」

我脫口說出。因爲，他們已經帶著泳褲和毛巾，做好游泳的準備了。

聽司很快地和村裡的孩子混熟了，每天都和大家一起游泳。他和三年級的孝平很要好，孝平教他換氣。十天後，聽司已經可以游完二十五公尺。

「他喜歡游泳，所以想來我們這裡游。」

校長也露出滿意的神情在一旁看著。

雖然聽司還想多住一段時間，但八月五日那一天，他媽媽把他接回鎮上了。

每年暑假期間，游泳池開放到八月十日。那天，當大家游完時，文化堂的老婆婆拿著冰西瓜請大家吃。

校園的櫸樹下鋪了草蓆，文化堂的老婆婆把熟透的紅西瓜分給每個學生。

「謝謝你們陪聽司玩，來，大家一起吃吧。」

「哇，好甜。」

大家都開心地大口咬著西瓜，快要吃完的時候，孝平突然大叫：

「啊，聰司，你怎麼了？」

然後，跑向泳池的方向。

「嗯？」

大家都嚇了一跳，看著孝平的背影。

我也站了起來，跟著孝平跑了過去。

「剛才聰司在游泳池掙扎，對吧？」

孝平轉過頭，擔心地問。

「聰司怎麼可能在這裡，他已經回鎮上了。」

「但我眞的有看到聰司沉到水裡，好可憐。」

孝平神情很嚴肅。我和孝平一起走過柵欄，站在游泳池畔，注視著清徹的池水，但游泳池裡根本看不到聽司的影子，只有一片平靜的水面。

「可能你想和聽司一起吃西瓜，所以產生了錯覺。」

我拍了拍他的肩膀，送孝平離開了。

回到家後，我倒頭就睡。因爲太累，一下子就睡著了。窗戶吹來一陣涼風，我突然醒來。天色已經暗了。

抬頭一看，發現身穿泳褲的聽司落寞地站在狹小的玄關。

「聽司，你怎麼了？」

我忍不住問。

「游泳很好玩。」

他用纖弱的聲音說完後蹲了下來。

「聽司。」

我再次叫他的名字時，發現那裡根本沒有人。我突然感到毛骨悚然，揉了揉眼睛，心想一定是自己睡迷糊了。

第二天早晨，我在公車站遇到了文化堂的老婆婆。

「老師，聽司昨天在鎮上的游泳池淹死了，聽說是心臟麻痺。那孩子今年一直想要游泳，昨天也央求他媽媽帶他去游泳池。這是他的命啊，幸虧他沒有死在學校的游泳池。」

老婆婆擦著淚水和汗水，搭上了往鎮上的公車。

這麼說，那時候眞的是聽司現身嗎……？

把臉還給我

澀谷　勳

那是暑假之後不久的某個星期六晚上。

社區委員會在第四小學的體育館舉辦納涼晚會，邀大家觀賞電影。差不多八點多時，電影快要結束了。

入口的簾子拉了開來，一個女人探頭張望著。黑暗的體育館內出現一條細長的光線。坐在入口附近的一名年輕媽媽不經意地回頭一看。

「啊——！」

她突然慘叫一聲。原本靜悄悄的體育館內頓時鼓譟起來。

體育館內的燈打開了，幾名主委跑了過來，發現那名年輕媽媽失去意識，昏倒在地上。大家立刻叫了救護車，七手八腳地把她送去醫院。

電影中斷了二十分鐘，放映結束時，已經九點多了。工作人員正在整理的時候，社區委員會會長從醫院趕了回來。

「情況怎麼樣？」

「到底發生了什麼事？」

留在體育館裡的人七嘴八舌地問會長。

「這……」會長偏著頭，吞吞吐吐地說：「她還沒有清醒，只是迷迷糊糊地說著夢話……」

「夢話？」

「對，我也聽不太清楚……，只聽到她一直在說臉、臉。」

「臉？」

幾名主委忍不住面面相覷。

那天晚上沒有風，白天的熱氣一直無法散開。即使是這麼悶熱的天氣，仍然有一些中學生和高中生騎著腳踏車或是機車四處亂逛，一直玩到深夜。

距離小學正門三十公尺的酒店門口，是那些年輕人聚集的地方。那裡有燈光和自動販賣機，還有一個電話亭，那天晚上十點過後，也有

七、八個年輕人聚集在那裡。半夜二點多後，陸續有人離開，只剩下三個人。

「我們也差不多該回家了。」

帶頭的高中生打著呵欠說。這時，另外一個人不經意地朝校門的方向看去。

「你們看，那裡有一個很奇怪的女人。」

「女人？」

另外兩個人回頭張望。

一個穿著浴衣的女人好像喝醉酒般，搖搖晃晃地走了過來。

那個女人每走兩、三步就停下來，然後又繼續走，又停下來。

「把臉還給我～」

「把臉還給我～」

她一邊走，一邊念念有詞。她的聲音如泣如訴，氣若游絲。

「她在幹嘛？」

「她說，把臉還給我～」

三個男生捧腹大笑後調侃她：

「好啊，還給妳～」

「妳過來，我們就還給妳。」

那個女人停下腳步，抬頭看著那三個男生。

「……！」

三個人感到一陣寒意爬上背脊。

那個女人光著腳，一頭長髮遮住了臉。她的頭髮、手腳和白色浴衣都沾滿泥巴，好像剛從墓地深處爬出來。

「把臉還給我～」

「把臉還給我～」

女人伸出蒼白的手臂，一步、一步地走了過來。三個男生忍不住大叫一聲，步步後退。

「把臉還給我～」

「把臉還給我～」

女人好像抽筋般地說著，走到他們面前。突然，「啪」的一聲，自動販賣機的燈光滅了，四周突然一片漆黑。

女人的身影變成模糊的輪廓，遠處的街頭把女人的影子帶到三個男生的面前。

「……！」

「把臉還給我～」

她又走近一步。

「把臉還給我～」

「……！」

「把臉還給我～」

「我、我們哪有妳的臉！」

帶頭的那個高中生大叫時，女人緩緩撥起頭髮，三個男生頓時發出慘叫。

「啊——！」

女人頭髮下面什麼都沒有，那裡空空的，只有頭髮而已，好像一頂假髮。

「鬼、鬼啊！」

三個男生來不及騎腳踏車和機車，就落荒而逃了。國三的A跑得最快。

當他上氣不接下氣地跑回家裡，一看時鐘，已經凌晨三點了。他覺得口乾舌燥，走去廚房，一口氣喝完了一杯水。

他鬆了一口氣，用手背擦嘴巴時，有人拍他的背。他不加思索地回頭一看。

「啊——！」

然後，A就昏了過去。

他家裡的人不知道A到底看到了什麼，無論再怎麼問，A都閉口不語，但他媽媽有時候會聽到他痛苦地呻吟。

「臉……，臉……。」

解說　現代的妖怪鬼故事

常光　徹

這一次，要介紹的是「裂嘴女」和「人面犬」這兩個目前具代表性的妖怪。

裂嘴女

一九七九年夏天，裂嘴女突然現身，讓全國各地的兒童嚇得渾身發抖。一個戴著大口罩的女人站在馬路旁，看到小孩子放學，就飄然上前，無預警地問：「我漂亮嗎？」如果小孩子回答說：「醜八怪。」她就舉起鐮刀把人砍死；如果小孩子回答：「很漂亮。」她就一邊拿下口罩，一邊問：「那這樣

呢？」然後，張開一直裂到耳根的血盆大口，舉著鐮刀追趕小孩子。
裂嘴女的傳聞立刻傳遍全國各地，成爲中、小學生討論的熱門話題。
裂嘴女通常出現在下午到傍晚的時間，而且往往在小學生放學時，站在人煙稀少的路上。
雖然不知道她的嘴巴裂到耳根的原因，但有以下幾種說法。第一種是「她喝了滾燙的咖啡燙傷了，結果手術又失敗」，還有「她家有三姊妹，都做了整形手術，只有最小的妹妹手術失敗，嘴巴裂開了。從此之後，她就經常從家裡偷溜出來嚇其他小孩子。」
她跑得非常快，即使想要逃，也會很快被她抓住，但以下的方法可以擺脫她。

擊退方法１　只要連續說三次「髮膠、髮膠、髮膠」。不知道爲什麼，裂嘴女討厭髮膠，只要聽到有人說「髮膠」，就會逃之夭夭。

擊退方法２　給她吃一顆扁扁圓圓的硬糖，趁她吃得很高興時，悄悄溜走。

擊退方法3　在手心上寫一個「狗」，出其不意地給她看。不光是裂嘴女，所有妖怪都很討厭狗。

擊退方法4　當她問「我漂亮嗎？」的時候，不要明確回答「妳很醜」或是「妳很漂亮」，而是含糊地回答：「普普通通。」趁裂嘴女猶豫的時候趕快逃。

當連續好幾天都聽到裂嘴女出沒的消息後，有些小孩子在上學時，會偷偷把硬糖藏在口袋裡，或是在放學回家的路上一直念：「髮膠、髮膠……。」

裂嘴女現在仍然可能躲在某個地方，但即使裂嘴女重現江湖、出現在你面前，只要知道以上的擊退法，就可以高枕無憂了。

人面犬

一九八九年至九〇年時，人面狗身的妖怪四處出沒。

某個公園內，有一隻狗在翻垃圾，路過的人想要把牠趕走，沒想到那隻狗轉身說：「不用你管。」仔細一看，才發現那隻狗是人面狗身。

正如「人面犬」這個名字所說的，這是人和狗合而爲一的妖怪。這個妖怪有以下的特色。

特色1　會說人話，而且經常口出惡言，「管你屁事」「不用你管」，偶爾會對著人笑。

特色2　跑起來非常快，在高速公路上，可以輕鬆超越時速一百四十公里的車子。

特色3　可以一口氣跳到六公尺高。在大城市裡，可以在大樓和大樓之間跳來跳去。

爲什麼會出現具有這種特殊能力的妖怪?關於這個問題,有好幾種有趣的說法。

①東京有一個身穿白色衣服,看起來像是研究員的男人努力尋找人面犬,打聽之後才知道,在某個大學做基因實驗時,誤把狗和研究人員的DNA放在一起,就變成了人面犬。人面犬很聰明,偷了鑰匙就逃走了。

②一個男人帶狗散步時,不小心一起被車子撞死了,之後,人和狗的靈魂就變成了人面犬。

除此以外,還有很多傳說,但仍無法瞭解眞正的原因。既不是人,又不是狗的模糊感覺讓人感到害怕。原本以爲是狗,當牠回頭時,卻看到一張人臉或是會說人話、對人笑之類的行爲,都會讓人感到害怕。

除了人面犬以外,還有人面魚和人面蜘蛛,但以前也有這種妖怪。比方說,江戶時代,天保七(一八三六)年,丹波國(目前的京都府至兵庫縣一帶)

曾經出現了人面牛，被稱爲「件」，據說可以預測未來。

人和動物合而爲一的例子還很多，比方說，希臘神話中的半人半馬像和人魚都屬於這一類。也許人面犬是自古流傳的半人半獸妖怪，在現代獲得了重生。

花子和其他

除了裂嘴女、人面犬以外，目前在日本各地最有名的妖怪（應該算是妖怪吧），當然非在學校廁所出沒的花子莫屬。除此以外，還有以驚人速度超越車子的百公里妖婆，和手拿剪刀、在校園內跑來跑去的「鐵克鐵克」妖怪，還有突然從廁所上面跳出來嚇小孩子的紫色妖婆。

現代妖怪層出不窮，但外形和性質往往延續了傳統妖怪的特徵。

你們學校有沒有在討論什麼妖怪？如果有的話，不要忘了和大家分享。

（一九九四年九月）

OH! MY GOD!!
這些地方都有阿飄～

廁所、保健室還有打不開的教室、走不到盡頭的走廊……還有剛剛到底是誰拍我的肩膀？
你們難道都不害怕嗎！！我不過只看三個故事，就已經……不過實在很想再看第四個

學校怪談 第一彈

風靡日本20多年 學校怪談來了

1. 來見老師的幽靈

插畫◎前嶋昭人
定價120

你的學校沒問題嗎？深夜的校園裡沒有半個人。這時候，幽靈學生會回來看看老師，幽靈老師也再次回學校來……深夜的校園裡充滿了不可思議的事件！

2. 保健室的睡美人

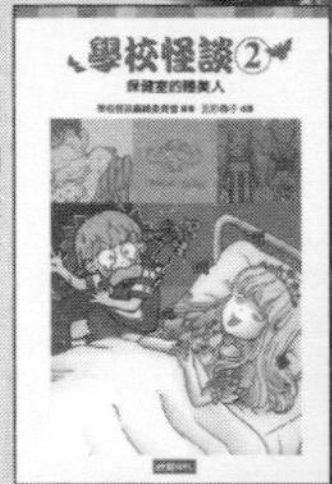

插畫◎五彩恭子
定價120

到保健室休息，隔壁床鼓起的被子下面是誰？校園裡到處都是受到詛咒的地方，你們學校的音樂教室、體育館、廁所和游泳池恐怕也不安全喔。當然，保健室也不例外……。

3. 第三間廁所有花子嗎!?

插畫◎前嶋昭人
定價120

你在學校遇過幽靈嗎？你就讀的學校也有嗎？你們學校也有花子嗎？遍佈全國各學校的幽靈——花子，不信？花子就在你身邊呀……！

4. 狐仙狐仙請出來

插畫◎五彩恭子
定價120

在教室裡把狐仙請出來。你聽過狐仙嗎？無論你想知道什麼，只要問狐仙，狐仙或許會借助神奇的力量告訴你喔。不過，之後可能會發生可怕的事……

藍小說304
學校怪談④ 狐仙狐仙請出來
編　　者一日本民間故事會　學校怪談編輯委員會
繪　　圖一五彩恭子
譯　　者一王蘊潔
副總編輯一葉美瑤
編　　輯一黃嬿羽
美術設計一周家瑤
責任企劃一黃千芳
校　　對一李玟、王蘊潔
董 事 長
發 行 人一孫思照
總 經 理一莫昭平
總 編 輯一林馨琴
出 版 者一時報文化出版企業股份有限公司
10803台北市和平西路三段二四〇號三樓
發行專線一（02）2306-6842
讀者服務專線一0800-231-705　（02）2304-7103
讀者服務傳真一（02）2304-6858
郵撥一19344724 時報出版公司
信箱一台北郵政79-99信箱
時報閱讀網一http：//www.readingtimes.com.tw
電子郵件信箱一liter@ readingtimes.com.tw
法律顧問一理律法律事務所　陳長文律師、李念祖律師
印　　刷一盈昌印刷有限公司
初版一刷一二〇〇九年八月十七日
定　　價一新台幣一二〇元

行政院新聞局局版北市業字第八〇號

ISBN 978-957-13-5067-7
Printed in Taiwan

國家圖書館出版品預行編目資料

學校怪談. 4, 狐仙狐仙請出來 / 日本民間故事會　學校怪談編輯委員會編著；五彩恭子繪圖；王蘊潔譯. -- 初版. -- 臺北市：時報文化, 2009.08

面；　公分. --（藍小說；304 學校怪談；4）

ISBN 978-957-13-5067-7（平裝）

861.59　　98011115